CW01082779

J.-P.-Arsène Abrial

Des moyens propres à reconnaître la présence de l'acide sulfurique dans les matières des vomissements

Quels sont les nerfs qui envoient des filets aux muscles lombricaux de la main? De l'encéphalocèle. De l'angine gutturale simple, suivie de quelques propositions sur la dysenterie. Thèse présentée et publiquement soutenue à la Faculté de Médecine de Montpellier, le 24 janvier 1838, pour obtenir le grade de docteur en médecine.

J.-P.-Arsène Abrial

Des moyens propres à reconnaître la présence de l'acide sulfurique dans les matières des vomissements

Quels sont les nerfs qui envoient des filets aux muscles lombricaux de la main? De l'encéphalocèle. De l'angine gutturale simple, suivie de quelques propositions sur la dysenterie. Thèse présentée et publiquement soutenue à la Faculté de Médecine de Montpellier, le 24 janvier 1838, pour obtenir le grade de docteur en médecine.

Réimpression inchangée de l'édition originale de 1838.

1ère édition 2024 | ISBN: 978-3-38509-500-7

Verlag (Éditeur): Outlook Verlag GmbH, Zeilweg 44, 60439 Frankfurt, Deutschland
Vertretungsberechtigt (Représentant autorisé): E. Roepke, Zeilweg 44, 60439 Frankfurt, Deutschland
Druck (Imprimerie): Libri Plureos GmbH, Friedensallee 273, 22763 Hamburg, Deutschland

1° DES MOYENS PROPRES A RECONNAITRE LA PRÉSENCE DE L'ACIDE SULFURIQUE DANS LES MATIÈRES DES VOMISSEMENTS.

2° QUELS SONT LES NERFS QUI ENVOIENT DES FILETS AUX MUSCLES LOMBRICAUX DE LA MAIN ?

3° DE L'ENCÉPHALOCÈLE.

ET 4° DE L'ANGINE GUTTURALE SIMPLE, SUIVIE DE QUELQUES PROPOSITIONS SUR LA DYSENTERIE.

THÈSE

PRÉSENTÉE ET PUBLIQUEMENT SOUTENUE

A la Faculté de Médecine de Montpellier, le 24 Janvier 1838 ;

PAR J.-P.-ARSÈNE **ABRIAL**,

De Cuxac-Cabardès (AUDE);

Ex-élève de l'Ecole pratique d'anatomie et de chirurgie, ex-chirurgien externe à l'Hôtel-Dieu St-Eloi, membre correspondant de la Société médico-chirurgicale, prosecteur adjoint de la Faculté de médecine de Montpellier, répétiteur public du cours d'anatomie professé à la Faculté, ex-chef de clinique médicale de la Faculté à l'hôpital St-Eloi.

POUR OBTENIR LE GRADE DE DOCTEUR EN MÉDECINE.

MONTPELLIER,

IMPRIMERIE DE VEUVE RICARD, NÉE GRAND, PLACE D'ENCIVADE, 3.

1838.

FACULTÉ DE MÉDECINE DE MONTPELLIER.

PROFESSEURS.

MM. CAIZERGUES, Doyen, *Examinateur.* Clinique médicale.
BROUSSONNET, *Président.* Clinique médicale.
LORDAT. Physiologie.
DELILE. Botanique.
LALLEMAND. Clinique chirurgicale.
DUPORTAL. Chimie.
DUBRUEIL. Anatomie.
DUGES. Pathologie chirurgicale, opérations et appareils.
DELMAS. Accouchements.
GOLFIN. Thérapeutique et Matière médicale.
RIBES. Hygiène.
RECH. Pathologie médicale.
SERRE. Clinique chirurgicale.
BÉRARD. Chimie médicale-générale et Toxicologie.
RENÉ. Médecine légale.
RISUEÑO D'AMADOR, *Suppléant.* Pathologie et Thérapeutique générales.

PROFESSEUR HONORAIRE.

M. Aug. Pyr. De CANDOLLE.

AGRÉGÉS EN EXERCICE.

MM. VIGUIER.
KUHNHOLTZ.
BERTIN.
BROUSSONNET fils.
TOUCHY.
DELMAS fils.
VAILHÉ, *Suppléant.*
BOURQUENOD.

MM. FAGES.
BATIGNE.
POURCHÉ.
BERTRAND.
POUZIN, *Examinateur.*
SAISSET.
ESTOR, *Examinateur.*

La Faculté de Médecine de Montpellier déclare que les opinions émises dans les Dissertations qui lui sont présentées, doivent être considérées comme propres à leurs auteurs, qu'elle n'entend leur donner aucune approbation ni improbation.

A

M. CAIZERGUES,

Doyen de la Faculté de médecine de Montpellier, Professeur de clinique médicale, membre de plusieurs Sociétés savantes, Chevalier de la Légion d'honneur, etc.

ET A

M. DUBRUEIL,

Officier de la Légion d'honneur, Professeur honoraire aux Écoles de santé de la Marine royale, Professeur d'anatomie à la Faculté de médecine de Montpellier, etc.

En me permettant de vous dédier ce travail, vous ajoutez encore à la reconnaissance que m'avait déjà commandée l'instruction que j'ai puisée dans les rapports que j'ai eus avec vous.

A. ABRIAL.

A LA MÉMOIRE

DE MON PÈRE ET DE MES TANTES.

Regrets !!!

A MA MÈRE.

Toute ma vie sera consacrée à votre bonheur.

A MES SOEURS ET A MES BEAUX-FRÈRES.

Comme un gage de la plus cordiale amitié.

A M. F. PÉLOFFI,

Curé à Lézignan.

Votre nom devait se trouver sur une page destinée à réunir ceux qui me sont le plus chers.

A TOUS MES AMIS.

Attachement inviolable.

A. ABRIAL.

PREMIÈRE PARTIE.

SCIENCES ACCESSOIRES.

N° 7. — COMMENT RECONNAITRE L'ACIDE SULFURIQUE MÉLANGÉ AVEC LES MATIÈRES DES VOMISSEMENTS ?

Avant d'exposer les moyens à l'aide desquels on peut parvenir à constater la présence de l'acide sulfurique dans les liquides vomis, il me paraît convenable, et même nécessaire, de consacrer quelques lignes à l'appréciation de ses propriétés physiques, et surtout des caractères qui en font un composé chimique tranché, distinct de tout autre.

Des quatre composés que l'oxygène peut former avec le soufre, l'acide sulfurique est le plus oxygéné de tous. Liquide, incolore, inodore à l'état de pureté, il présente au tact quelque chose de visqueux, de happant, qui lui a valu le nom vulgaire d'huile de vitriol. Sa pesanteur spécifique est de 1,85; il entre en ébullition à + 300°, et se congèle et cristallise lorsqu'il est exposé à un froid de — 10°. Doué d'une acidité très-forte, une seule goutte suffit pour rougir une assez grande quantité de teinture de tournesol ; ce caractère peut déjà faire soupçonner son énergie ; car, selon M. Bérard, l'intensité de la rougeur qu'un acide détermine sur le papier bleu, est en raison directe de son action sur les organes. L'affinité pour l'eau de l'acide en question est si grande, qu'il s'empare non-seulement de celle qui est formée, mais qu'il détermine encore sa formation, lorsque les éléments qui la constituent se trouvent en présence; cette combinaison est accompagnée d'un dégagement de calorique très-considérable. Par cette affinité si grande, se trouve naturellement expliqué le phénomène de carbonisation subite que présentent les substances végétales mises en contact avec l'acide sulfurique concentré. Mêlé au charbon, et chauffé, il laisse dégager des vapeurs blanches qui ont l'odeur pénétrante du soufre qui brûle, et qui sont constituées par un mélange d'acide sulfureux et d'une portion d'acide carbonique. Le cuivre, le mercure le décomposent aussi lorsqu'on élève la température, et forment avec lui des sulfates métalliques. Si on le traite par une dissolution d'un sel de baryte, il se précipite, sous la forme d'une poudre blanche, un sulfate de baryte qui se distingue du nitrate et du phosphate de la même base, auxquels il ressemble par son aspect physique, par la propriété qu'il a de ne pas se dissoudre comme le premier, dans une certaine quantité d'eau, et, comme tous les deux, dans un excès d'acide nitrique. Si l'on mêle le sulfate de baryte ainsi obtenu avec du charbon en poudre, et que l'on fasse calciner le mélange, pendant une demi-heure, dans un creuset, il se formera du sulfure de barium caractérisé par l'odeur d'œufs couvés, odeur rendue encore plus sensible en le dissolvant dans une petite quantité d'eau faiblement aiguisée d'acide hydrochlorique; ce dernier acide, en même temps qu'il décidera le dégagement de l'hydrogène sulfuré qui viendra noircir un papier imbibé d'acétate de plomb, formera, en se combinant avec la baryte, un hydrochlorate de cette base, et précipitera, sous la forme d'une poudre d'un blanc jaunâtre, une quantité variable de soufre à l'état de pureté. Les liquides végétaux, mis en contact avec l'acide sulfurique, n'en éprouvent pas un changement bien marqué ; la couleur du vin est seulement un peu avivée; mais si l'acide est employé en grande quantité, si le contact est prolongé, si surtout la température élevée qui se développe lors de son mélange avec ces liquides, est artificiellement entretenue, ils finissent par prendre une couleur plus foncée, et même par noircir. Exposées à son action, les matières végétales solides ne tardent pas à être carbonisées. Il coagule le sang, le lait ; mais le coagulum de ce dernier se dissout dans un excès d'acide, et se colore en rouge brun. L'albumine présente, à peu de chose près, les mêmes phénomènes ; enfin, il détermine dans la bile un précipité jaune très-marqué. Les matières animales solides qui renferment peu d'eau, sont noircies par l'acide sulfurique ; celles, au contraire, qui en contiennent en assez grande quantité, sont réduites en bouillie, mais ne sont pas noircies.

Les détails dans lesquels je viens d'entrer sembleraient, au premier coup d'œil, rendre facile la solution du problème que j'ai à résoudre. D'une part, en effet, le dégagement de l'acide sulfureux par la combustion de l'acide sulfurique avec le charbon ; de l'autre, le précipité blanc insoluble qu'un sel de baryte détermine dans l'acide en question, sont deux réactifs, deux moyens d'analyse, qui peuvent, le dernier surtout, faire découvrir la plus petite trace d'acide sulfurique dans un mélange quelconque. Mais ces moyens, quoique précieux, ne disent pourtant pas si l'acide sulfurique est libre, ou bien s'il est combiné avec une base. De là, la nécessité de recourir à des expériences assez compliquées dont je vais entreprendre l'exposition.

Dans sa leçon du 17 Avril 1836, M. Bérard a, sous nos yeux, procédé à la recherche de l'acide sulfurique de la manière suivante : on commence d'abord par essayer la liqueur par le papier bleu de tournesol ; s'il est rougi, on admettra la présence d'un acide dont il faudra déterminer la nature ; car, dans certaines circonstances, une quantité plus ou moins grande d'acide hydrochlorique peut se développer dans l'estomac. Il importe donc d'établir, d'une manière positive, que l'acide sulfurique est bien celui qui a rougi le papier bleu. Dans ce but, on délaie dans de l'eau distillée les matières des vomissements, et on filtre ; le nitrate de baryte devra donner, dans la liqueur, un précipité blanc, sulfate de baryte, insoluble dans une grande quantité d'eau et d'acide nitrique. Ce précipité est à son tour recueilli sur un filtre, séché et calciné avec du charbon, pour le transformer en sulfure de barium, que l'on fera dissoudre dans l'eau. Quelques gouttes d'acide hydrochlorique feront dégager, de cette dissolution, du gaz hydrogène sulfuré; il se formera en même temps un hydrochlorate de baryte, et du soufre ne tardera pas à se précipiter sous la forme de poudre blanche. Ces procédés indiquent la présence de l'acide sulfurique dans les substances soumises à l'analyse; il s'agit maintenant de déterminer s'il y existe à l'état libre, ou bien à l'état de combinaison. Si le liquide soumis à l'examen rougit le papier de tournesol, il renferme un acide libre. En le soumettant à la distillation, et en condensant le produit, on s'assure s'il y a de l'acide hydrochlorique au moyen du nitrate d'argent, qui, mis en contact avec ce dernier acide, donne un précipité blanc, caillebotté, insoluble dans l'acide nitrique, et soluble dans l'ammoniaque; si, au contraire, ce réactif répond d'une manière négative, on aura affaire à de l'acide sulfurique; car les autres acides introduits dans l'estomac, l'acide acétique, par exemple, qui, mieux qu'aucun autre, peut, jusqu'à un certain point, mentir l'empoisonnement par l'acide sulfurique, ne pourrait pas devenir cause d'erreur. Outre l'odeur particulière qui décèle sa présence, la distillation le ferait disparaître long-temps avant ce dernier, qui est moins volatil que lui. Dans le cas où le papier bleu n'est pas rougi, il est évident que les matières du vomissement ne doivent renfermer qu'un sulfate dont on peut déterminer la présence en mêlant les matières qui le contiennent avec du charbon, en faisant évaporer jusqu'à siccité, et en calcinant le tout dans un creuset, pour transformer le sulfate en sulfure, qu'il est facile de reconnaître d'après ce que j'ai déjà dit. On peut encore rendre sensible la présence de l'acide sulfurique, en distillant d'abord les liquides auxquels il est mêlé; en ajoutant du charbon au résidu de la distillation; en introduisant ce mélange dans une cornue tubulée, dont le bec se rendrait dans un bocal rempli de potasse caustique; et en chauffant jusqu'au rouge. Il se dégagera bientôt du gaz acide sulfureux, qui, se combinant avec la potasse, formera un sulfite de cette base soluble; et cette solution saline, traitée par le nitrate de baryte, donnera un précipité de sulfite de baryte que le contact d'un acide pourra facilement décomposer, et mettre ainsi en liberté une forte proportion de gaz acide sulfureux. M. Devergie a donné un moyen précieux de constater la présence de ce dernier gaz; il est fondé sur la propriété qu'a l'acide sulfureux de s'emparer de l'oxygène de l'acide iodique, et sur celle qu'a l'iode, devenu libre, de colorer en bleu une dissolution d'amidon. M. Bérard termine la série d'épreuves auxquelles il a soumis le mélange, en conseillant le procédé suivant, pour distinguer l'acide sulfurique du sulfate acide d'alumine, qui peut répondre, comme lui, à la plupart des réactifs : si l'ammoniaque détermine dans le liquide un précipité blanc et d'un aspect gélatineux, l'acide sulfurique sera combiné avec l'alumine; si ce réactif donne tout autre précipité, ou n'en fournit aucun, l'acide sera libre.

Parmi ce grand nombre de moyens, les uns sont rigoureux: ce sont surtout ceux qui ont pour but de dévoiler l'acide sulfurique existant, dans les liquides vomis, à l'état libre. Mais, il faut en convenir, M. Bérard en indique d'autres qui ne donnent pas des résultats bien positifs, lorsqu'il s'agit d'établir son existence à l'état de sel. Je ne parle pourtant pas ici de celui qui est applicable au sulfate d'alumine; celui-là me paraît concluant. L'analyse des liquides vomis, faite par M. Devergie de la manière suivante, nous paraît préférable, dans ce sens qu'elle est plus simple, et qu'elle recherche et démontre les oxydes qui se trouvaient combinés avec l'acide sulfurique. Cet auteur place les matières à analyser, préalablement mêlées avec du charbon, dans un appareil à distillation, les décompose jusqu'à carbonisation complète, recueille dans un récipient contenant de l'ammoniaque les produits de la distillation, et les analyse par les moyens appropriés. Il recherche ensuite, dans le charbon resté dans la cornue, la base du sulfate. A cette fin, il ajoute au charbon de l'eau régale qui a la propriété de dissoudre la plus petite quantité d'oxyde possible, porte le mélange à l'ébullition, pendant quelques minutes, fait évaporer la majeure partie de l'eau régale employée, ajoute de l'eau distillée, filtre la liqueur, et la traite enfin par la potasse ou l'ammoniaque. S'il ne se forme pas de précipité, ce sera une preuve que l'acide sulfurique était libre; s'il s'en produit un, il faut en reconnaître la nature, pour savoir avec quelle base l'acide sulfurique se trouvait combiné.

En résumé, lorsque l'acide sulfurique existera à l'état libre dans les liquides vomis, je commencerai d'abord par m'assurer de la réaction acide, à l'aide du papier bleu. Si ce papier est rougi, et il doit l'être dans la supposition que je viens de faire, il me restera à déterminer si cette rougeur est due à l'acide sulfurique, ou bien à un acide autre que lui, qui peut également se trouver dans le mélange. Pour cela, je diviserai en deux portions les matières à examiner; j'en traiterai une, préalablement délayée dans l'eau distillée, par l'hydrochlorate de baryte; ce réactif me donnera un précipité blanc insoluble dans l'eau et l'acide nitrique, précipité qui, calciné avec du charbon, sera transformé en sulfure de barium, manifestant sa présence par l'odeur d'œufs couvés. Traité par quelques gouttes d'acide hydrochlorique délayées dans l'eau, ce sulfure laissera dégager de l'hydrogène sulfuré, qui, mis en contact avec l'acétate de plomb, donnera naissance à un nouveau produit, existant sous forme de poudre noire, sulfure de plomb. En même temps, il se formera de l'hydrochlorate de baryte, et du soufre sera précipité. Cette première analyse ne permet pas de douter de la présence de l'acide sulfurique dans les substances soumises à l'expert. La seconde portion des matières, mêlée avec du charbon, sera soumise à la distillation, et je recueillerai ses produits dans un récipient contenant de l'ammoniaque. Cette seconde manœuvre aura pour but de découvrir si l'acide sulfurique était le seul acide qui existât dans la liqueur suspecte. On sait, en effet, que le composé en question ne se volatilise qu'à + 300° ou + 326°; tandis que la plupart des autres acides, ceux surtout qui se trouvent le plus souvent mêlés avec lui, se volatilisent à une température bien moins élevée. Si donc j'expose l'appareil distillatoire à une forte chaleur, je recueillerai d'abord dans le récipient les acides acétique, hydrochlorique, par exemple, aussi bien que l'alcool et l'éther, s'il y en avait dans le mélange, produits que je pourrai apprécier par des moyens particuliers. Si je ne trouve, au contraire, dans l'ammoniaque du récipient, qu'un sulfite, j'en conclurai que l'acide sulfurique était le seul qui existât dans la liqueur.

Dans le cas, enfin, où l'acide sulfurique ne sera pas libre, et existera à l'état de sel; je traiterai d'abord les matières par l'eau distillée, et je les mettrai enfin en contact avec de la teinture de tournesol. Il pourra arriver, si le sulfate n'est pas acide, et si en même temps il n'existe pas d'autre acide dans les liquides vomis, qu'elle ne soit pas rougie; dans le cas où elle le serait, j'en soumettrai une partie à la distillation, pour savoir par quel acide la rougeur a été déterminée; l'autre partie, mêlée au charbon, sera complètement calcinée. Je recueillerai les produits que cette carbonisation fournira dans un récipient convenablement disposé : l'acide sulfureux provenant de l'acide sulfurique du sulfate sera un des derniers à se volatiliser, et je constaterai sa présence dans l'ammoniaque avec laquelle il aura formé un sulfite; enfin, en traitant le résidu de la cornue par l'eau régale, pour dissoudre les oxydes qui pourraient s'y trouver mêlés, et en mettant cette nouvelle solution en contact avec la potasse ou l'ammoniaque, j'aurai un précipité qui sera formé par la base même du sulfate.

DEUXIÈME PARTIE.

ANATOMIE ET PHYSIOLOGIE.

N° 411. — D'OU VIENNENT LES NERFS QUI ANIMENT LES MUSCLES LOMBRICAUX DE LA MAIN ?

Les trois premiers muscles lombricaux reçoivent chacun un filet principal des troisième, quatrième et cinquième rameaux collatéraux que le nerf médian fournit aux doigts ; le quatrième muscle lombrical reçoit le sien de la bifurcation externe de la branche superficielle du cubital; cette dernière disposition, que quelques auteurs signalent, et que d'autres nient, m'a paru être la plus générale. Au reste, la branche profonde du nerf cubital fournit aussi deux ou trois filets aux deux derniers lombricaux.

TROISIÈME PARTIE.

SCIENCES CHIRURGICALES.

N° 1030. — QU'EST-CE QU'UNE HERNIE ? Y A-T-IL DES HERNIES ENCÉPHALIQUES ? A QUELS ACCIDENTS DONNENT-ELLES LIEU ? COMMENT LES TRAITE-T-ON ?

Parmi les nombreux organes qui, par leur ensemble, composent le corps humain, les uns utiles, mais non indispensables, sont chargés de présider à des fonctions qui rendent la vie plus complète, mais qui ne la constituent pas essentiellement ; d'autres, au contraire, par la part qu'ils prennent à cette série de phénomènes étrangers à la matière inorganique, et dont la manifestation constitue ce qu'on est convenu d'appeler vie, par l'importance de leur rôle enfin, sont tellement indispensables, que, sans eux, il est impossible de concevoir l'homme tel que la physiologie nous le montre. De cette importance différente des organes, de leur degré différent d'utilité, résulte la nécessité de moyens de protection, de défense, variables comme eux, mais toujours en rapport, pour leur puissance, avec la nature élevée des fonctions qu'ils sont destinés à remplir. Cette vérité incontestable devient surtout évidente lorsqu'on veut en faire l'application au plus noble de tous les organes de l'homme, au cerveau, qui, condition nécessaire de la pensée et de la conscience de ses actes, lui crée une vie distincte, et lui assure le premier rang dans l'échelle des êtres animés. Aussi une enceinte osseuse, c'est-à-dire formée par ce que l'organisation humaine offre de plus résistant, protège-t-elle l'encéphale, et le met-elle à l'abri des atteintes des corps extérieurs; son organisation d'ailleurs pulpeuse, et par conséquent peu capable de résister à leur action, la réclamait aussi énergiquement que son importance physiologique. L'encéphale se trouve donc renfermé dans une cavité qui, complète chez l'adulte, et offrant chez lui les conditions les plus heureuses de solidité, est moins résistante chez l'enfant qui vient de naître, et présente, en outre, chez ce dernier, des points d'interruption, des espaces où la substance osseuse manque, espaces vides, qui sont là, pour ainsi dire, en réserve, pour permettre au cerveau d'acquérir plus tard le développement voulu. Comme pour le thorax et la cavité abdominale, il existe, entre la boîte crânienne et l'organe qu'elle contient, un rapport de volume si exact, que le corps étranger même le plus petit ne peut se développer dans sa cavité qu'aux dépens du cerveau qu'il comprime, d'où résulte le trouble de ses fonctions. Au reste, pour la tête comme pour les deux autres cavités splanchniques, il existe aussi un antagonisme constant entre l'organe contenu et l'enceinte protectrice : ce sont des mouvements d'expansion, d'épanouissement d'une part; de résistance, de compression de l'autre. Dans l'état normal, l'équilibre est parfait; mais il est facile d'admettre, de supposer le concours de nombreuses circonstances qui peuvent le faire cesser; et alors, la résistance des parois de la cavité n'étant plus en rapport avec la tendance que les organes qu'elles renferment ont à en sortir, ces derniers se déplacent, s'échappent, et viennent se loger dans une cavité nouvelle qu'ils se sont le plus souvent mécaniquement créée, cavité nouvelle toujours placée à la périphérie, ou du moins au voisinage de celle qu'ils ont abandonnée.

C'est à ce déplacement, à cette lésion de rapport, que les auteurs ont donné le nom de hernie, dont l'étymologie vient de ερνοσ, branche, parce que, comme cette dernière, la partie déplacée fait saillie au dehors.

La différence d'organisation des trois grandes cavités du corps, et la mobilité plus ou moins grande dont jouissent les organes qu'elles renferment, sont des circonstances qui font varier la fréquence et la facilité avec laquelle les parties contenues se portent au dehors. L'enceinte abdominale, destinée à protéger des organes pour la plupart très-mobiles, et surtout susceptibles d'acquérir d'un moment à l'autre un volume considérable par rapport à celui qu'ils présentent dans l'état de vacuité, devait, dans sa structure, présenter des conditions d'une grande extensibilité ; aussi ses parois sont-elles presque partout fibreuses, et cette organisation leur permet facilement de revenir sur elles-mêmes en raison de leur élasticité, lorsque la force expansive des viscères, diminuant à son tour, leur permet ainsi ce retrait. Mais, par cela même, elle doit faciliter, et facilite singulièrement en effet leur issue, lors surtout qu'on réfléchit que de nombreuses ouvertures naturelles, facilement dilatables et incomplètement fermées, viennent se rendre dans l'abdomen. Aussi est-ce cette dernière cavité qui présente les cas les plus nombreux de hernies. Déjà le thorax nous offre à un degré bien moindre les conditions favorables au déplacement des poumons et du cœur ; ces derniers organes assez solidement fixés dans leur position respective, jouissant plutôt d'un mouvement d'expansion que de la faculté d'effectuer un déplacement de masse, et la structure de la cage thoracique qui est osso-fibreuse, rendent assez compte de cette différence qui est tout à l'avantage de cette dernière pour l'espèce de lésion dont il s'agit. Enfin, la tête partout osseuse, du moins chez l'adulte, percée seulement à sa base de quelques ouvertures assez exactement fermées et surtout inextensibles, renfermant, en outre, dans sa cavité, un organe peu mobile, protégé d'ailleurs par trois membranes, dont l'une, très-résistante, fibreuse, contribue encore à maintenir la fixité de ses rapports, la tête, dis-je, présente les conditions d'organisation le plus opposées à la production des hernies.

Ce que la structure anatomique des parties pouvait déjà faire soupçonner, l'observation attentive des faits est venue le confirmer; et la fréquence des déplacements en question, très-grande pour l'abdomen, est déjà rare pour la cavité thoracique : quant à ceux que la cavité crânienne nous présente, on pourrait facilement compter les cas que la science en possède; c'est dire qu'il s'en faut de beaucoup qu'ils soient communs, mais c'est dire aussi que l'existence des hernies encéphaliques doit être admise.

En raisonnant *à priori*, et en tenant surtout compte de la protection efficace que les os du crâne offrent aux parties contenues, on pourrait être amené à rejeter la possibilité de leur déplacement; mais les parois crâniennes ne sont pas, à tous les âges de la vie, aussi résistantes qu'elles le sont chez l'adulte. Ainsi, dans les premiers temps, les bords des os qui les composent, et qui, plus tard, doivent, en s'engraînant, établir une contiguité presque équivalente, pour la solidité, à une continuité de tissus, sont séparés par des espaces surtout marqués à l'endroit où les sutures se rencontrent, et forment là comme des îles membraneuses auxquelles on a imposé les noms de fontanelles ou fontaines du crâne; d'ailleurs ces os sont loin de présenter alors la solidité qu'ils doivent offrir par la suite.

Chez l'adulte, la boîte osseuse dans laquelle l'encéphale se trouve logé offre bien une résistance supérieure à celle de l'effort physiologique du viscère; mais les pertes de substance que des accidents ou l'art peuvent lui faire éprouver, en la mettant dans la condition d'autres cavités naturellement percées, rendent facile à concevoir les hernies encéphaliques.

Ce que je viens de dire peut déja faire pressentir le besoin de distinguer l'encéphalocèle (c'est le nom qu'on a donné aux hernies de l'encéphale, de ενκεφαλον κελη) en congénitale et en accidentelle; selon que le viscère saisissant pour ainsi dire l'ossification au dépourvu, s'échappe par une ouverture qu'on peut pour cette époque considérer encore comme naturelle, mais qui disparaîtrait plus tard; ou bien selon qu'une perte de substance des os du crâne lui fournit, à une époque plus avancée de la vie, une issue libre, praticable, dans laquelle il peut facilement s'engager. Cette distinction déjà utile, puisque, comme on vient de le voir, elle tient compte de la différence des causes, offre encore des avantages non moins réels sous les points de vue du diagnostic et du traitement; elle mérite donc d'être conservée.

DÉFINITION. — ENCÉPHALOCÈLE CONGÉNITAL. — Sous cette dénomination, on doit comprendre une tumeur se développant à la périphérie du crâne, et formée par une portion plus ou moins considérable de l'encéphale qui a fait hernie à travers un point non encore ossifié. La distinction qu'on a voulu faire de la hernie du cervelet, à laquelle on a donné le nom de parencéphalocèle, ne saurait me dispenser d'en traiter ici, car il me paraît évident que, sous le nom de hernies encéphaliques, je dois comprendre l'issue d'une portion quelconque des parties contenues dans le crâne. La création de ce mot nouveau me paraît d'ailleurs peu utile: pourquoi, en effet, ne serait-on pas obligé d'en créer plus tard un autre pour la hernie de la protubérance cérébrale, qui, après tout, doit être admise comme possible dans des circonstances qui en favoriseraient le développement? Comme les hernies abdominales, la hernie encéphalique est toujours coiffée par un sac herniaire constitué surtout par la portion de dure-mère qu'elle a poussée devant elle; au-dessus de cette dernière membrane, le péricrane d'abord, puis le cuir chevelu, et au-dessous l'arachnoïde et la pie-mère, en forment les enveloppes. La sécrétion de la séreuse en humecte continuellement la surface, et elle peut être abondante au point de constituer un veritable épanchement; enfin, l'ouverture herniaire est formée aux dépens des parties osseuses, et répond à un défaut d'ossification. L'encéphalocèle est une affection rare, et la tumeur qui la constitue ordinairement unique. Dans la correspondance littéraire de Nurenberg, pour l'année 1738, on trouve pourtant un exemple de deux hernies du cerveau portées par le même individu; mais Boyer, qui cite ce cas sans entrer dans des détails, ajoute qu'il lui paraît obscur, et semble ne l'admettre que comme un fait douteux. Un autre exemple de hernie double du cervelet, observé par le docteur

Bennett, se trouve consigné dans la Gazette médicale, année 1834, page 667.

SIÉGE. — Avant qu'on fût bien fixé sur les caractères qui peuvent faire distinguer l'encéphalocèle des tumeurs sanguines de la tête, un grand nombre d'auteurs, qui, au rapport de Nœgèle, se laissaient plutôt séduire par les cas qu'en avaient publiés Ledran, Trew, Chemin et Corvin, qu'ils ne cherchaient par eux-mêmes à bien éclairer le diagnostic de cette affection, proclamaient, pour ainsi dire à l'unanimité, que le siége constant, ou du moins le siége de prédilection de l'encéphalocèle congénitale, était dans les points correspondant aux pariétaux. Corvin, en rapportant dans sa thèse le cas observé par Ledran, son maître, avait dit que la hernie qui se fait à la région pariétale est de toutes *hernia cerebri strictè sic dicta;* et après lui, se copiant les uns les autres, Gaspard Sieboldt, Camper, Plenk, Richter et son disciple Thienig, et un grand nombre d'autres que je ne cite pas à dessein, répétèrent la même chose comme à l'envi. Déjà Ferrand, dans un bon mémoire lu à l'Académie de chirurgie, avait accusé Corvin d'avoir, dans son travail, confondu l'encéphalocèle avec l'hydrocéphale et des tumeurs aqueuses enkystées; et en particulier, pour le cas observé par Ledran, la disparition complète de la tumeur en moins d'un mois, sous l'influence seulement de quelques compresses trempées dans l'eau-de-vie, compresses dont le desséchement ne put qu'occasionner une compression bien faible, fut, pour l'auteur que je cite, un motif suffisant pour croire que la tumeur en question n'était pas un encéphalocèle, mais bien un simple engorgement du tissu cellulaire des téguments. J.-L. Petit, Chopart, Desault, Nœgèle, sont venus confirmer cette manière de voir; et aujourd'hui on est parfaitement d'accord que la hernie encéphalique congénitale se fait presque toujours par quelqu'un des points correspondant aux sutures ou aux fontanelles. C'est avec intention que j'évite de dire, avec Delpech, que les points que je viens d'indiquer sont toujours le siége de la hernie; cette assertion serait contredite par des cas bien avérés que la science possède.

ÉTIOLOGIE. — Je serai court sur l'étiologie de l'encéphalocèle congénitale; le silence absolu ou presque absolu des auteurs sur ce point, la facilité avec laquelle ils semblent presque tous se payer des mots défaut d'ossification, arrêt de développement, qui, après tout, ne signifient autre chose qu'un état à expliquer, indiquent bien que les notions exactes relatives à la vraie cause de l'encéphalocèle sont encore dans l'avenir. Je sens, par conséquent, qu'il y a là-dessus beaucoup à faire; mais, dans ma position, chercher à élucider ce point de doctrine, serait entreprendre une chose impossible qui, après tout, ne m'a pas été demandée. Je me contenterai de dire que pour la production de la hernie encéphalique, comme pour la production de toute autre hernie, le rapport qui existe à l'état normal entre l'encéphale et la cavité qui le loge est changé, et, qu'en outre, il existe le plus souvent une défectuosité native dans la structure ou la consistance de la lame cartilagineuse qui ferme provisoirement l'intervalle que les sutures et les fontanelles laissent entre elles. Doit-on admettre avec Billard, qui rapporte un cas fort curieux de hernie cérébrale située au-devant de l'oreille, hernie qui s'était faite par un espace que l'absence de la lame écailleuse du temporal avait laissé en ce point, doit-on admettre, dis-je, qu'une tumeur accidentelle se développant dans l'utérus, peut, par la compression qu'elle exerce sur le crâne de l'enfant, empêcher l'ossification du point qui se trouve en contact avec elle, ou même user, détruire les téguments et l'os, en supposant que l'ossification fût déjà terminée? Cela ne paraît pas du tout contraire à la raison : nous voyons, en effet, tous les jours, des tumeurs, et surtout des tumeurs pulsatiles, abraser ainsi les parties osseuses qui les gênent dans leur mouvement d'expansion. Le tort qu'a eu l'auteur que je viens de citer, est, à mon avis, d'avoir voulu rapprocher son opinion de celle d'Hippocrate, qui dit, au livre de la génération, qu'un coup porté sur le ventre de la femme pendant la grossesse, peut faire que l'enfant soit mutilé (ce sont ses expressions) dans le point correspondant à la partie qui aura reçu le coup. Cette assertion, quoique étayée par des cas de hernies que Lesage et Chaussier croient pouvoir rapporter à la même cause, me paraît peu probable; car, comme le remarque Delpech, si la grossesse est peu avancée, la cavité du bassin protégera suffisamment la matrice qui n'en sort pas dans les premiers temps; si, au contraire, le grand développement de cet organe, vers la fin de la gestation, l'expose à être atteint par le choc d'un corps dur, il faut tenir compte de la situation la plus ordinaire du fœtus, qui a presque constamment la tête au point le plus déclive, et par conséquent à l'abri de toute violence; il est d'ailleurs difficile de concevoir qu'une percussion assez forte pour rupturer la couche cartilagineuse des sutures ou des fontanelles, ne détermine pas dans le cerveau de l'enfant, ou dans la matrice de la mère, des désordres bien autrement graves qu'une hernie. On peut à ces réflexions, qui me paraissent très-judicieuses, ajouter la suivante : l'enfant se trouve, dans la cavité utérine, plongé dans les eaux de l'amnios; or, ce liquide, dans lequel il jouit d'ailleurs d'une certaine mobilité, n'aura-t-il pas pour effet de décomposer le choc qui lui sera transmis à travers les parois de l'abdomen, déjà moins intense, et, en le disséminant ainsi sur toute la surface de l'enfant, de rendre improbable et même impossible son action sur un point circonscrit? Quant à cette autre opinion d'Hippocrate, que le point de la tête de l'enfant correspondant à une partie rétrécie du bassin doit être mutilé, elle me paraît, malgré l'assertion de quelques auteurs, pouvoir être admise. Ici, en effet, ce n'est plus un choc, c'est-à-dire une cause n'agissant qu'un instant; les frottements répétés, ou plutôt continus que la tête de l'enfant exerce sur une partie saillante, peuvent bien, dans un temps plus ou moins long, en raison de la délicatesse des os du crâne à cet âge, et si surtout le contact a lieu entre une fontanelle et le point déformé, peuvent bien, dis-je, déterminer la rupture de la lame cartilagineuse qui bouche cette dernière, et cette rupture, une fois produite, pourra à son tour permettre au cerveau de se porter au dehors, de faire hernie. La mobilité dont le fœtus jouit dans la cavité amniotique, n'est pas une raison suffisante pour rejeter cette manière de voir; car sa pesanteur spécifique, qui est plus grande que le liquide dans lequel il plonge, doit incessamment ramener la tête vers la partie la plus déclive, vers le bassin, vers le point, en un mot, où je suppose la difformité.

Quoi qu'il en soit du rôle de toutes ces causes, et de leur mode de production, les réflexions que je viens d'émettre me paraissent plus que suffisantes sur un point surtout qui ne m'a pas été imposé; je me hâte donc d'aborder le diagnostic ; il me fournira quelques-uns des éléments nécessaires pour répondre au troisième chef de ma question : quels sont les accidents auxquels l'encéphalocèle donne lieu ?

DIAGNOSTIC. — La hernie encéphalique congénitale se présente sous la forme d'une tumeur existant à la périphérie du crâne, et ordinairement dans un point correspondant aux sutures ou aux fontanelles. Ses caractères sont d'être lisse, arrondie, circonscrite, molle, peu ou point douloureuse ; présentant un degré d'élasticité assez marqué, sans changement de couleur à la peau qui souvent est remarquable, surtout au sommet de la tumeur, par la rareté des cheveux qui la recouvrent; agitée de pulsations qui ont le même rhythme que celles du ventricule aortique; présentant, en outre, un mouvement d'expansion et de retrait en rapport avec l'expiration et l'inspiration ; susceptible d'augmenter de volume par les cris, la toux, l'éternuement et tout effort capable d'occasionner la stase du sang veineux dans l'organe encéphalique; ordinairement réductible par une pression méthodique, mais reparaissant dès qu'on cesse de la comprimer; enfin, laissant ordinairement percevoir à sa base la sensation du rebord osseux qui limite l'ouverture à travers laquelle elle s'est portée au dehors. Son volume est variable ; il n'est point vrai, comme l'a avancé Boyer, qu'on puisse lui prescrire pour limites la grosseur d'un œuf de pigeon et celle d'un œuf de poule. C'est ainsi que Sanson a déposé, dans le musée de la Faculté de Paris, une pièce en cire représentant la hernie encéphalique d'un enfant chez lequel tout le cerveau s'était porté au dehors à travers la fontanelle postérieure agrandie; cet enfant vécut quinze heures. La science possède encore quelques exemples semblables. Quoi qu'il en soit, l'encéphalocèle a presque toujours, en paraissant, le volume qu'il conservera par la suite; ou du moins son accroissement, lorsqu'il a lieu, est très-lent et peu sensible.

D'après tous ces caractères, qui, au premier coup d'œil, paraissent bien tranchés, il ne semblerait pas qu'une erreur de diagnostic fût possible; mais ils se trouvent rarement réunis, et ceux qui ont la valeur la plus significative ne sont pas exclusifs à la hernie encéphalique. Aussi on trouve dans les auteurs quelques exemples de pareilles méprises, qu'il est pourtant du plus haut intérêt d'éviter. En 1813, Lallement porta son bistouri sur une hernie du cervelet qui avait été prise pour une loupe; l'aspect nacré de la dure-mère vint bientôt le tirer de son erreur; l'opération fut suspendue; mais la malade, âgée de 22 ans, succomba le huitième jour, présentant, dans le cervelet, plusieurs foyers de suppuration. Le docteur Bennett, encore étudiant en médecine, tenta une pareille opération sur la jeune créole dont l'observation se trouve consignée dans la Gazette médicale, année 1834; mais à peine eut-il incisé les couches superficielles, qu'il découvrit une matière médullaire blanche qu'il ne put, dit-il, s'empêcher de reconnaître pour la substance même du cervelet; il mit de côté le bistouri, réunit par première intention, et, dans moins de deux mois, l'enfant, qui avait d'abord présenté des symptômes graves, fut parfaitement rétabli (1). Enfin, je tiens de source certaine qu'il n'y a pas bien long-temps encore, un médecin des environs de Montpellier a envoyé au professeur Serre une malade, âgée de 22 ans, à laquelle il le priait d'enlever une tumeur qu'elle portait au niveau de la fontanelle antérieure, tumeur qui, pour lui, n'était autre chose qu'une loupe. La nature du mal fut reconnue, et la certitude acquise qu'on avait affaire à un encéphalocèle; la malade fut renvoyée chez elle avec la recommandation

(1) Je pense que l'opérateur, d'ailleurs encore peu expérimenté, a pris ici la dure-mère pour le cervelet; on sait, en effet, à quelle profondeur il faut aller dans cet organe pour rencontrer la matière blanche dont il parle, matière blanche qui affecte cette disposition arborisée à laquelle on a imposé le nom d'arbre de vie.

de ne jamais consentir à se laisser opérer : l'usage d'une calotte de cuir fut conseillé à cette fille, afin probablement de protéger la tumeur contre les atteintes des corps extérieurs, peut-être aussi dans le but d'exercer une compression légère, et de guérir ainsi la maladie, ou du moins de l'empêcher de prendre de l'accroissement.

Les cas que je viens de citer montrent de quelle importance il est de distinguer la hernie encéphalique d'une autre tumeur apparaissant à la périphérie du crâne. J'entrerai donc dans quelques détails sur le diagnostic différentiel de cette affection.

On distinguera l'encéphalocèle des tumeurs sanguines de la tête, qui sont toujours dues à la rupture de quelques vaisseaux sanguins, et à la réunion du sang en foyer entre les téguments et le péricrâne : d'abord à la couleur du cuir chevelu, qui, normale dans la hernie de l'encéphale, présentera, au contraire, dans les tumeurs sanguines, cet aspect bleu tirant sur le noir qui appartient à la première période de l'ecchymose. L'encéphalocèle présentera, règle générale, quoi qu'en ait dit Callisen, des battements isochrones à ceux du pouls; les grandes expirations augmenteront son volume; les inspirations, au contraire, le feront diminuer, tandis qu'elles n'exerceront aucune influence sur les tumeurs sanguines. Il n'en est pas de même des pulsations : Nœgèle, Levret et d'autres observateurs, en ont rencontré dans ces dernières; mais, pour elles, ce cas est l'exception, tandis que, pour l'encéphalocèle, il constitue la règle. Enfin, lorsqu'il y aura hernie, la réduction de la tumeur, qui sera complète ou partielle, la possibilité de constater le cercle osseux qui se trouve à sa base, la sensation cotonneuse qu'elle fera éprouver au tact, ne laisseront plus de doute sur sa vraie nature. Les tumeurs sanguines, toujours irréductibles, présenteront souvent l'apparence du rebord osseux dont je viens de parler; mais si l'on se rappelle qu'il n'est jamais distinct; que, pour le sentir, il faut déprimer le centre de la tumeur qui est fluctuant, tandis que, dans l'encéphalocèle, on parvient plus aisément à circonscrire l'ouverture osseuse en l'attaquant par la base de la tumeur; si, enfin, à l'absence de tout symptôme du côté du cerveau, on ajoute la disparition des tumeurs sanguines dans les huit premiers jours qui suivent la naissance, tandis que la hernie persiste un temps bien plus long, lors même qu'une compression méthodique permet à l'ossification de venir combler le vide, le doute ne sera plus possible, et la certitude devra naître du rapprochement comparatif auquel je viens de me livrer.

La mobilité, l'irréductibilité, l'absence des battements et d'une ouverture au crâne, caractérisent assez les loupes, pour qu'on n'ait pas à craindre de les confondre avec la hernie en question.

Le céphalœmatome se distinguera de l'encéphalocèle, non plus à la couleur des téguments, elle est la même dans les deux cas, mais bien au siége de la maladie. Le céphalœmatome a le sien sur les os, et sur l'un des pariétaux surtout; celui de la hernie répond, au contraire, le plus souvent, au trajet des fontanelles ou des sutures. Ce signe, quoique n'ayant pas une valeur absolue, est néanmoins d'une grande importance, car il est distinctif dans la plupart des cas. Le mouvement pulsatif de la tumeur herniaire, la rareté de ce caractère dans la tumeur sanguine en question, l'affaissement et même la disparition, par la pression, de la première, l'impossibilité où l'on est de comprimer et de faire disparaître la seconde, les convulsions, les vomissements, la somnolence qui accompagnent la compression de la hernie, l'absence de ces accidents lorsqu'on comprime le céphalœmatome; enfin, l'augmentation de volume que la toux, les cris font éprouver à l'encéphalocèle, et l'ouverture osseuse qu'on sent à la base, tandis que la tumeur sanguine dont il s'agit reste stationnaire pendant les grands efforts, et ne présente point le rebord osseux dont je viens de parler, sont tout autant de données qui, réunies, doivent être considérées comme positives, et faire éviter toute erreur.

On ne confondra pas la hernie de l'encéphale avec un fongus de la dure-mère, si l'on réfléchit que l'époque de l'apparition de cette dernière tumeur n'a jamais lieu dans les premiers temps de la vie, et qu'elle est, en outre, précédée de symptômes de lésions cérébrales qu'on ne remarque pas ordinairement dans l'encéphalocèle spontané. Il n'est pas à beaucoup près aussi facile de saisir la ligne de démarcation qui existe entre la hernie encéphalique et l'hydrocéphale, ou un kyste séreux; la difficulté vient de ce que l'hydrocéphale peut exister en même temps qu'une tumeur herniaire; qu'il peut y avoir, dans le sac, une certaine quantité de sérosité accumulée, et qu'enfin les kystes séreux, par leur contact prolongé avec les os du crâne, peuvent finir par les perforer, les détruire. Heureusement, comme le remarque Delpech, le diagnostic différentiel est ici peu important, puisque, dans aucun des trois cas, la chirurgie n'a rien à faire.

ACCIDENTS. — Les accidents auxquels l'encéphalocèle donne lieu sont en général peu nombreux et peu alarmants; quand il est très-volumineux, il constitue plutôt un vice de conformation qu'une maladie; rarement les enfants qui en sont porteurs naissent vivants; dans le cas contraire, leur existence est courte et végétative. L'enfant sur lequel le docteur Burrows observa une hernie très-considérable au sommet de la tête, ne vécut que six jours, et, pendant cet espace de temps, aucune nourriture ne put être prise, aucune évacuation n'eut lieu. Dans le cas où le volume de la tumeur, sans être aussi considérable, l'est pourtant assez pour incommoder par son poids, les tiraillements qu'elle fait éprouver à la portion du cerveau qui est restée dans le crâne, le refroidissement de la portion de ce viscère qui la constitue, peuvent occasionner des douleurs assez vives, et entretenir un état permanent d'irritation qui, à chaque instant, peut donner lieu à une encéphalite mortelle; enfin, la peau qui la recouvre, distendue, enflammée, peut se détruire, et le cerveau et ses membranes étant mis à nu, il peut en résulter, comme dans le cas précédent, une inflammation des plus violentes. C'est dans ces circonstances qu'on a noté l'idiotisme, des désirs vénériens effrénés, les vomissements, les convulsions, et autres phénomènes nerveux, tels que la paralysie du côté du corps opposé à la tumeur. Lors, au contraire, que la hernie encéphalique est d'un volume médiocre, tous les auteurs s'accordent à dire que les facultés intellectuelles sont intactes, et qu'elle ne donne lieu à aucun accident, ou tout au plus à un peu de faiblesse du côté opposé à la maladie; néanmoins, même dans ce cas, si on exerce sur elle une compression un peu forte, on peut déterminer tous les accidents que je viens de mentionner. Je crois pouvoir donner, de ce phénomène, l'explication suivante : on sait que toute cavité, destinée à loger un organe, diminue de capacité, se rétrécit, finit même par s'effacer, à mesure que l'organe qu'elle contient diminue lui-même ou en est complètement chassé ; ainsi, le fond de la cavité cotyloïde s'élève lorsque la tête du fémur en est sortie ; ainsi, après l'évacuation d'un épanchement pleurétique abondant qui, pendant long-temps, avait tassé le poumon sur le côté de la colonne vertébrale, celui-ci, ne pouvant plus obéir à l'effort de l'air pour le dilater, il se trouve dans ce côté du thorax un vide qui, au bout d'un temps plus ou moins long, finit par être comblé par l'affaissement des côtes. La même chose se passe dans le crâne ; une portion du cerveau en étant sortie, les parois de cette boîte osseuse se rapprochent pour combler le vide qu'elle a laissé ; et si plus tard on veut l'y faire rentrer par force, et l'y maintenir, elle ne pourra se loger dans la cavité où elle a en quelque sorte perdu droit de domicile, qu'en comprimant celle qui y sera restée, et de cette compression résultera la manifestation de phénomènes nerveux plus ou moins graves.

PRONOSTIC. — Le pronostic de l'encéphalocèle n'est pas en général fâcheux ; néanmoins, lorsqu'il a un volume considérable, les tiraillements qu'il fait éprouver à la portion du cerveau restée dans le crâne, la destruction des téguments qui à la fin peuvent finir par s'enflammer, la gêne qu'éprouve la portion du viscère qui s'est portée au dehors, peuvent, en déterminant l'encéphalite, donner à cette affection une gravité qu'elle n'a pas dans les cas ordinaires.

Je ne parlerai du traitement de l'encéphalocèle qu'après avoir traité de la seconde espèce, de celui auquel, en raison de la cause qui l'a produit, on a donné le nom d'accidentel.

ENCÉPHALOCÈLE ACCIDENTEL. — Je ne pourrai pas entrer ici dans de grands détails, sans m'exposer à reproduire des choses déjà dites ; je préférerai laisser au lecteur le soin de faire les rapprochements, et j'insisterai plus particulièrement sur les points qui me paraîtront offrir le plus d'intérêt.

DÉFINITION. — Ainsi que je l'ai déjà, dit au commencement de ce travail, on doit entendre par encéphalocèle accidentel, la hernie d'une portion plus ou moins grande de l'encéphale à travers une solution de continuité occasionnée par l'art ou un accident. Je déclare d'avance que le mot accident aura ici une acception plus large que celle qu'on lui donne ordinairement; ainsi il désignera non-seulement un coup, une chute; mais encore tout état morbide qui, en rendant les os plus facilement attaquables, comme la carie, par exemple, favorisera la production de la hernie.

SIÉGE. — Le siége de la hernie encéphalique accidentelle diffère selon le point sur lequel ont agi les causes qui peuvent faire éprouver une solution de continuité au crâne. Les régions de la tête les plus exposées à l'action des corps extérieurs, ou celles sur lesquelles on place de préférence les couronnes de trépan, en seront par conséquent le siége de prédilection.

CAUSES. — Nous avons vu que la cause à laquelle il fallait rapporter surtout l'encéphalocèle congénital, était le défaut d'ossification d'une part, et, de l'autre, le mouvement expansif dont le cerveau est le siége; sans doute aussi que l'accroissement considérable de cet organe, à cet âge, fait qu'il se porte de préférence vers les points les moins résistants, les soulève et fait hernie. Pour l'encéphalocèle accidentel, il faut aussi admettre, du moins dans la plupart des cas, l'existence des mêmes conditions dans la boîte crânienne; dans la plupart des cas aussi, c'est par son épanouissement physiologique, que le cerveau distend la cicatrice qui a remplacé la portion osseuse enlevée, s'engage dans l'ouverture qu'elle bouche, et se porte au dehors; mais ce n'est pas toujours ainsi que les choses se passent, et la preuve en est, dit Samuël Cooper, que, les mêmes conditions existant, il ne se produit pas toujours de hernie. Abernethy, Stanley et Thomson, ont prouvé que des altérations plus ou moins profondes du cerveau existent avec l'encéphalocèle. Ainsi la substance de l'organe est souvent désorganisée, et parfois aussi on la trouve infiltrée de matière purulente, circonstance qui ne laisse aucun doute sur l'existence antérieure de l'inflammation. On peut supposer, ajoute le chirurgien anglais, que les altérations dont il est ici question occasionnent l'augmentation de volume des parties contenues dans le crâne, et font ainsi naître une disposition à la hernie. M. Lallemand, dans sa 3me lettre sur l'encéphale, a mis hors de doute l'importance du rôle que joue l'inflammation dans ces cas. Dans quelques observations que cet auteur rapporte, le cerveau a pu être à nu pendant deux ou trois jours sans se porter au dehors; et, dans un cas cité par Abernethy, il a pu rester ainsi, pendant dix jours, avant de faire hernie: preuve évidente que la cause qui l'a produite n'existait pas au moment où la solution de continuité a été faite, mais qu'il lui a fallu un certain temps pour se développer; or, cette cause ne peut être que l'inflammation, ainsi que Samuël Cooper l'a aussi remarqué. Au moment, en effet, où la congestion se manifeste, il se fait un boursouflement, une turgescence qui produit l'expulsion d'une portion de l'encéphale, sous forme de fongus, de la cavité crânienne: ce qui prouve encore la justesse de cette explication, c'est qu'on peut facilement, avec elle, se rendre compte de la non production des hernies dans les solutions de continuité avec perte de substance aux os de la tête, toutes les fois qu'un traitement antiphlogistique énergique a pu prévenir l'inflammation.

ACCIDENTS. — Les accidents auxquels l'encéphalocèle accidentel donne lieu, doivent varier, selon qu'il se produit lorsqu'une cicatrice bouche complètement la solution de continuité que présente le squelette de la tête, ou bien selon qu'elle se fait quelques jours seulement après la perte de substance. La lecture d'un bon nombre d'observations m'a convaincu que, dans le premier cas, l'analogie la plus parfaite existe entre la hernie congénitale et l'accidentelle. Ainsi, de même que, dans la première, les symptômes ne présentent quelque gravité que lorsqu'elle est très-volumineuse, ou qu'elle est accidentellement comprimée, de même aussi, dans la seconde, les éblouissements, les vertiges, la paralysie du côté du corps opposé à la tumeur, et d'autres symptômes nerveux, sont sous la dépendance du volume ou de la compression. Mais il n'en est pas ainsi dans le second; et la différence tient évidemment ici à la nature différente de la cause qui la détermine. Dans les observations rapportées par

M. Lallemand, on trouve pour symptômes : des convulsions, la paralysie du côté du corps opposé à la hernie, avec augmentation de la sensibilité dans un cas; dans un autre, il y a eu hoquet, sueurs froides, diminution des fonctions de l'oreille et de l'œil du même côté; les facultés intellectuelles ont été le plus souvent intactes. Samuël Cooper, qui a eu l'occasion d'observer un grand nombre de hernies encéphaliques accidentelles, dit que le malade présente d'abord une sensibilité vive, avec grande agitation nerveuse : la stupeur, le strabisme, la paralysie du côte du corps opposé à la maladie, ne se sont montrés que dans la dernière période, chez les sujets qui ont été soumis à son observation; dans la majorité des cas, la fréquence du pouls a été très-grande. Dans un exemple de hernie au front, que ce chirurgien cite, le pouls fut remarquable par sa lenteur; il y eut stupeur, dilatation des pupilles, strabisme et distorsion de la bouche. Dans ces différentes circonstances, on le sent bien, les symptômes qui apparaissent sont moins sous la dépendance de la hernie que sous celle de la cause qui l'a produite, la lésion du cerveau.

TRAITEMENT. — Le même traitement, employé contre la hernie encéphalique congénitale, est aussi applicable à l'accidentelle, toutes les fois pourtant que, dans cette dernière, la portion du cerveau qui s'est portée au dehors n'est pas à nu, et que la hernie n'est pas due à l'inflammation.

Depuis la publication de l'observation communiquée par M. Salleneuve fils à l'Académie de chirurgie, et qui est rapportée dans le mémoire de Ferrand, sur l'encéphalocèle, la plupart des auteurs sont d'accord sur les indications à remplir ; et la formule de la thérapeutique de toutes les hernies, réduire et maintenir réduite, est aussi applicable à la hernie de l'encéphale toutes les fois que la réduction n'entraîne pas des phénomènes graves. Mais les moyens à l'aide desquels on a exercé la compression pour maintenir la tumeur herniaire réduite, sans avoir beaucoup varié, n'ont pourtant pas toujours été les mêmes. Salleneuve guérit l'enfant d'un cavalier du régiment Dauphin, qui portait une hernie du volume d'un œuf de poule à la partie latérale et postérieure de la tête, à l'aide d'une plaque de plomb d'un diamètre un peu plus étendu que celui de la tumeur. Il garnit cette plaque de linge pour en adoucir la pression, la perça sur ses bords pour la fixer au bonnet du malade, et en serrant ce dernier à des degrés variables sur la tête de l'enfant, il put ainsi graduer la compression. Ce traitement, employé d'une manière constante pendant un temps que Ferrand n'indique pas, la hernie disparut, la nature ne fut pas troublée dans les progrès de l'ossification, et le jeune malade fut radicalement guéri. M. Soulié a, dans les mêmes circonstances, employé une calotte d'argent fort mince que le sujet de l'observation portait sous la perruque. M. de La Peyronie, pour protéger une cicatrice qui avait remplacé une grande partie du coronal détruite par la carie vénérienne, employa d'abord une plaque d'argent; mais il s'aperçut bientôt que ce métal, étant trop bon conducteur du calorique, incommodait en été par la chaleur, et en hiver par le froid qu'il occasionnait, et il lui substitua, avec beaucoup d'avantage, une calotte faite en partie de carton et en partie de cuir. Nous trouvons le même moyen employé, dans les mêmes circonstances, par Ambroise Paré. De son côté, Callisen, dans sa chirurgie, semble mettre sur la même ligne les lames de plomb, d'os et de cuir, auxquelles il veut qu'on ajoute des compresses imbibées d'une liqueur astringente. L'expérience est venue trancher la difficulté; elle a confirmé la justesse de l'observation de La Peyronie; et on évite aujourd'hui d'employer, pour la confection de ces appareils de compression, des substances métalliques qui, sans parler de la facilité avec laquelle elles se chargent du calorique, ont en outre l'inconvénient d'irriter par leur poids le tissu de la peau et de la cicatrice, et de déterminer son inflammation. On se servira donc de pelotes faites en cuir bouilli ou en carton, présentant une concavité en rapport avec le volume de la tumeur; elles seront garnies de linge, et convenablement fixées sur la hernie. On évitera d'établir d'abord une compression trop forte; ce ne sera que graduellement qu'on pourra l'augmenter, en ayant le soin de prendre de temps en temps des pelotes moins concaves, jusqu'à ce qu'enfin on ait pu en employer une presque plate, dont l'usage sera long-temps continué. Il me semble que, dans tous les cas, la pelote presque plate, qui est la dernière que les auteurs conseillent, ne suffira pas pour permettre à l'ossification de s'achever; car ne dépassant pas le niveau de la table externe des os du crâne, elle pourra permettre au cerveau de faire une saillie qui aura pour mesure l'épaisseur même de ces os; ce qui, comme on le conçoit aisément, empêchera le travail formateur de venir combler l'espace à travers lequel l'encéphale a fait hernie. Dans ce cas, si aucun accident ne se manifeste, le même bandage sera continué; mais il ne pourra agir que comme moyen palliatif. Si, au contraire, l'on observait, de temps en temps, des convulsions que l'on pût rapporter à un étranglement passager d'une portion du cerveau s'engageant, par intervalles, dans l'ouverture osseuse, on pourrait les faire cesser en imitant la conduite de Mareschal, qui, dans un exemple analogue, rapporté par Quesnay, dans son mémoire sur la multiplicité des trépans, mit son malade à l'abri de tout accident, en le condamnant à porter, toute sa vie, un bandage muni d'une pelote convexe, à l'aide de laquelle il refoula pour toujours la partie du cerveau qui tendait à s'engager.

Les moyens dont je viens de parler sont également applicables aux hernies congénitales et accidentelles de petit volume, avec cette différence pourtant, qu'ils pourront procurer la guérison radicale des premières, tandis que, pour les secondes, ils se borneront à constituer le traitement palliatif, rien ne pouvant alors réparer la perte de substance qui a donné lieu au déplacement. Dans le cas où l'encéphalocèle accidentel ou spontané a un volume si considérable, que la cavité encéphalique, réduite, ne peut plus le loger; il faut se borner, à l'aide d'un bandage convenable, à le soutenir, à éviter les tiraillements, la destruction des téguments, et surtout à le préserver du froid. On se rappellera que la hernie encéphalique augmente par les cris, la toux et un effort quelconque; on les interdira, par conséquent, autant que faire se pourra, au malade; on l'engagera à mener une vie uniforme, tranquille; on lui recommandera d'éviter de porter sur la tête de lourds fardeaux : c'est en portant un baquet plein d'eau sur cette partie, que la créole, âgée de 11 ans, qui fait le sujet de l'observation du docteur Bennett, succomba probablement à une apoplexie déterminée par la compression du cerveau.

Que penser de la ponction, que quelques auteurs conseillent comme moyen curatif? Préconisée par Corvin, qui, comme nous l'avons déjà vu, confondait le plus souvent l'encéphalocèle avec des tumeurs sanguines ou séreuses, elle a quelquefois réussi entre ses mains; mais un grand nombre de faits qu'il cite n'autorisent pas à l'employer, puisque la mort a souvent aussi été la suite plus ou moins prochaine de ce traitement prétendu curatif. Cette différence, dans les résultats obtenus par l'élève de Ledran, s'explique par la nature différente des tumeurs auxquelles il avait probablement affaire. Il est, en effet, permis de croire que, dans les cas où la ponction a réussi, on a pris pour une hernie encéphalique des tumeurs d'une autre espèce; tandis que le cerveau a été réellement attaqué, atteint, dans ceux où la mort a suivi de près la ponction. Dans ces derniers temps, M. Adams, partisan de la ponction, a publié, dans la Gazette médicale, l'observation de cinq individus dont deux ont complètement guéri par ce moyen. Il a été impossible à ce praticien d'employer la compression seule, pas même de la combiner avec la ponction; les malades ne pouvaient pas la supporter, quoiqu'elle fût méthodique et très-modérée. Chez l'un des sujets qu'il cite, il fut obligé de revenir à la ponction jusques à sept fois; et même, dans ce cas, tout ce que l'opérateur put obtenir, fut de faire éprouver à la tumeur une réduction de la moitié de son volume. Ce moyen, que M. Adams pense pouvoir être employé dans la majorité des cas, est infidèle et dangereux : d'un côté, parce qu'on ne fait rien pour s'opposer à la reproduction de la collection séreuse, et que, lorsqu'elle existe, on ne peut pas être certain du point qu'elle occupe; et, de l'autre, parce que toute piqûre faite au cerveau, et, quoi qu'on en dise, la ponction expose à cet accident, peut déterminer une inflammation mortelle. Depuis long-temps Callisen avait déjà dit que, dans aucun cas, il ne convient d'évacuer le liquide, puisque, lorsque cette évacuation se fait d'une manière spontanée, elle est si souvent suivie d'effets dangereux.

Lorsque la portion de l'encéphale qui constitue la hernie est à nu, et que ce déplacement a eu lieu peu de jours après une solution de continuité éprouvée par les os du crâne, le vrai moyen de faire rentrer le cerveau déplacé, est d'attaquer avec énergie l'inflammation. Les antiphlogistiques, les dérivatifs, seront par conséquent mis en usage; en déterminant la diminution de la congestion sanguine, ils rempliront l'indication principale. C'est dans des cas analogues, et même, lorsque la tumeur est seulement volumineuse, sans que les téguments soient détruits, que quelques auteurs ont donné le précepte d'en pratiquer l'excision. Quoique plusieurs tentatives de ce genre, faites par Stanley, Thomson, Coïter de Nuremberg et quelques autres, n'aient pas donné lieu à des phénomènes graves; quoique quelques-unes aient même été suivies de succès, je pense qu'on ne doit prendre une pareille détermination que lorsque la gravité des accidents, la gangrène, par exemple, font un devoir d'agir; encore vaudrait-il peut-être mieux, alors, laisser à la nature le soin de séparer les parties mortes de celles qui n'ont pas encore perdu leurs droits à la vie. Dans de pareilles circonstances, les pansements doivent être fort doux. Le succès qu'a eu la ligature entre les mains de Van-Swieten, qui l'a employée, à trois reprises différentes, chez le même individu, ne saurait non plus autoriser à recourir à un pareil moyen, qui est, et avec juste raison, depuis long-temps abandonné. Lorsque les symptômes d'encéphalite auront disparu, on pourra, à l'aide d'une compression douce, comme dans le cas dont j'ai parlé plus haut, faciliter le retrait de la hernie si elle n'avait pas entièrement cédé aux moyens antiphlogistiques. Alors aussi, surtout lorsque la perte de substance, éprouvée par les os du crâne, sera très-étendue, la prudence exige que les malades soient pour toujours assujettis à l'usage d'une calotte en cuir bouilli; elle aura le double avantage, et de garantir la cicatrice du choc des corps extérieurs, et d'empêcher, par la pression légère qu'elle exercera, la hernie de se reproduire; ou, si elle n'a pas été complètement réduite, de faire des progrès.

Nota. Le mot encéphalocèle se trouvait placé, dans ce travail, au genre féminin; mais sur la foi de Napoléon Landais, l'imprimeur a, sans m'en prévenir à temps, adopté le genre masculin.

QUATRIÈME PARTIE.

SCIENCES MÉDICALES.

N° 1673. — DE L'ANGINE GUTTURALE SIMPLE.

Selon Van-Swieten, les auteurs latins donnaient le nom d'angine, de αγχω, j'étrangle, à toute maladie siégeant au-dessus des poumons et de l'estomac, capable de rendre difficiles, d'empêcher même les actes de la déglutition et de la respiration. Aujourd'hui cette expression est généralement substituée à celle d'esquinancie, qui d'ailleurs a la même étymologie qu'elle ; et, comme cette dernière, elle est consacrée par tous les auteurs pour désigner l'inflammation des membranes muqueuses tapissant la portion des conduits aérifère et digestif, comprise entre l'arrière-bouche d'une part, le cardia et la naissance des bronches de l'autre (1).

L'ancienne division de cette affection en interne et en externe, en vraie et en fausse, en sèche et brûlante, et en humide ou pituiteuse, est depuis long-temps abandonnée ; et les principales divisions admises par les modernes sont relatives à son siége, à sa terminaison et à l'altération pathologique qu'elle laisse après elle. Il n'est pas de mon sujet d'entrer ici dans de plus grands détails sur les différentes variétés de l'angine ; je me contenterai de dire, et comme en passant, qu'elle peut se présenter sous forme épidémique ; les différentes complications qui presque toujours l'accompagnent alors, me dispensent de m'en occuper ici ; pour le même motif, je n'examinerai même pas la valeur des expressions muqueuse, pituiteuse, lymphatique, inflammatoire, rhumatique, que quelques auteurs ont cru devoir joindre au mot angine, qu'ils ont ainsi présentée comme sous autant de formes différentes. Je me hâte donc d'aborder ma question.

DÉFINITION. — On donne le nom d'angine gutturale à l'inflam-

(1) Il est pourtant bon de noter que le mot esquinancie a une acception plus large que celui d'angine.

mation de la muqueuse qui revêt l'isthme du gosier, le voile du palais, ses piliers et les amygdales. Cette affection existe rarement ainsi circonscrite, limitée dans les bornes étroites que je viens de lui assigner. J'ai, pour mon compte, eu occasion d'observer quelques individus qui étaient atteints d'angine, et jamais elle ne s'est montrée à moi avec les caractères qu'on donne à la variété dont il est ici question. Sans doute le peu de gravité de cette maladie, qui fait, lorsqu'elle est simple, que les sujets qui en sont affectés réclament rarement les secours de l'art, ne contribue pas peu à en rendre les exemples moins fréquents. Quoi qu'il en soit, il ne répugne nullement d'admettre que l'inflammation puisse être bornée à la portion de muqueuse mentionnée plus haut : ne la voyons-nous pas souvent ainsi limitée dans d'autres parties du corps?

CAUSES. — Les causes de l'angine gutturale simple, comme celles de toutes les maladies, se trouvent dans l'individu lui-même, ou hors de lui. Parmi les premières, on doit surtout placer l'âge et le tempérament; ainsi l'enfance et l'adolescence sont les époques de la vie qui, de l'aveu de tous les médecins, en offrent le plus d'exemples. Les individus doués d'un tempérament sanguin selon les uns, d'un tempérament lymphatico-sanguin selon les autres, en sont plus souvent atteints. Quant au sexe, son influence paraît être nulle. L'angine peut succéder à la disparition subite d'un écoulement quelconque, et plus particulièrement à celle d'un écoulement ou d'une inflammation des parties génitales, ou alterner avec eux. Si je n'avais à m'occuper ici de l'angine existant à l'état de simplicité, je pourrais énumérer un grand nombre d'affections qui en sont compliquées, ou la compliquent; je me contenterai d'ajouter, en terminant ce qui est relatif aux causes internes, que celles dont j'ai déjà parlé, jointes à celles dont je parlerai plus tard, sont souvent insuffisantes pour expliquer son invasion; et qu'alors on en est réduit, pour l'angine gutturale simple, comme pour un grand nombre d'autres états morbides, à admettre dans l'individu un état qui, pour être inexplicable, n'en est pas moins réel, état auquel on a donné le nom de prédisposition.

Les causes de la seconde espèce, celles qui se trouvent hors de l'individu, ont été pour la plupart nommées efficientes, occasionnelles, parce qu'elles mettent en acte la prédisposition déjà établie par les précédentes, et par quelques-unes qu'il me reste encore à faire connaître. La plus puissante de toutes celles qui composent cette série, est sans aucun doute le passage subit du chaud au froid. Personne ne conteste aujourd'hui la relation qui existe entre les fonctions de la peau et celles des muqueuses; tout le monde sait aussi que l'activité de l'une augmente à mesure que celle de l'autre diminue; on conçoit donc, du moins jusqu'à un certain point, comment tout ce qui rend moindre la transpiration cutanée, peut, en augmentant le travail d'exhalation de la muqueuse, déterminer son inflammation. C'est ainsi que l'immersion des mains, des pieds dans l'eau froide, l'exposition d'une partie à un courant d'air pendant que le reste du corps est en sueur, sont des causes fréquentes de l'angine gutturale. Les saisons de l'année qui favorisent le plus son développement, agissent, aussi bien que les climats, de la même manière. L'expérience a prouvé, en effet, qu'elle se montre de préférence au printemps et en automne, époques où règnent surtout les variations atmosphériques, et dans les climats bas et humides, dans lesquels se font si souvent remarquer des changements de température. Toutes ces causes agissent d'une manière indirecte; mais il en est d'autres, prises également dans le monde extérieur, qui ont, pour ainsi parler, une action mécanique, directe. De ce nombre sont les suivantes : la pénétration rapide, dans l'arrière-bouche, d'un courant d'air froid, comme cela a lieu dans l'exercice de l'équitation; le contact de substances irritantes, soit qu'elles doivent cette propriété à leur nature, ou à la somme de calorique dont elles sont chargées; la présence d'un corps étranger; et enfin, une dernière cause qui appartiendrait plutôt à la première catégorie, c'est l'exercice trop long-temps prolongé de la fonction à laquelle l'isthme du gosier et le voile du palais prennent une part active.

SYMPTOMES. — Des phénomènes de deux ordres traduisent l'existence de l'angine gutturale simple : les uns, locaux, ont une valeur plus significative, en constituent les caractères distinctifs ; les autres, généraux, annonçant la part que prennent les différents systèmes de l'économie à la souffrance de l'organe malade, ne lui sont pas exclusifs ; toute autre affection peut leur donner naissance, ils n'ont donc qu'une valeur secondaire pour l'établissement du diagnostic ; mais par leur intensité plus ou moins grande, ils peuvent, pour le traitement, donner au médecin la mesure de l'activité qu'il doit mettre dans l'emploi des moyens curatifs. Parmi les symptômes du premier ordre, on doit placer en première ligne la gêne de la déglutition, la voix nasonnée, et quelquefois le reflux des boissons par les narines. Ce dernier phénomène, qui m'a été offert à un degré très-manifeste par le sujet qui a été soumis à mon observation, à l'époque de mon cinquième examen, trouve, ainsi que les deux précédents, son explication dans les réflexions suivantes : l'observation journalière a depuis long-temps mis hors de doute que, dans l'immense majorité des cas, et comme instinctivement, la nature commence par condamner au repos l'organe malade, au point que je n'hésite pas à dire que le précepte donné par l'art d'interdire tout mouvement aux parties qui souffrent, précepte qui est d'une application si générale en thérapeutique, n'est qu'un emprunt fait à la nature, une imitation de sa manière d'agir. Or, dans le cas dont il est ici question, il faut, pour que la déglutition et la voix soient normales, que le voile du palais se meuve, qu'il fonctionne enfin ; il faut, par exemple, pour empêcher le reflux des boissons par les narines, et l'accent nasonné de la voix, qu'il vienne, dans les mouvements de déglutition et dans l'acte de l'articulation des sons, fermer l'ouverture postérieure des narines, et établir ainsi, dans un cas, un courant libre vers le pharynx, et, dans l'autre, un courant libre vers la bouche ; mais son inflammation s'oppose à ce jeu, et alors les liquides trouvant l'ouverture postérieure des narines libre, s'y engagent ; alors enfin, suivant la théorie de M. Magendie, la voix vient résonner dans la cavité nasale. A part ces symptômes qui tiennent d'une manière directe à une lésion de fonction, on doit noter les signes caractéristiques de l'inflammation : tuméfaction, rougeur, chaleur, douleur. Le dernier sera apprécié lorsqu'il sera question des phénomènes généraux. Le premier ne se montre pas, dans tous les points enflammés, avec la même évidence; dans le voile du palais, en effet, qui est, en général, pauvre en tissu cellulaire, la tuméfaction est peu marquée; il n'en est pas de même à la luette, où il est plus abondant et plus lâche. Aussi cet appendice acquiert-il souvent un volume tel, que, chatouillant incessamment la base de la langue, il provoque des besoins factices de déglutition, des envies de vomir, et parfois de la toux. La chaleur se traduit le plus souvent par un sentiment de sécheresse très-incommode; enfin, la rougeur peut varier en intensité; elle n'est pas, dans les parties dont il s'agit ici, un caractère certain de l'inflammation. J'aurai le soin de revenir sur ce sujet lorsque je traiterai du diagnostic. A la sécheresse dont je viens de parler, et qui appartient à la première période, succède, à une époque plus avancée, une sécrétion plus ou moins abondante de mucus filant, qui finit à son tour, vers la fin de la maladie, par se convertir en matières jaunâtres et opaques, en général de facile expuition. La portion de muqueuse qui recouvre les amygdales se montre souvent recouverte de concrétions sébacées, lesquelles, desséchées par le contact long-temps prolongé de l'air, lors par exemple que les malades ne pouvant, pendant le sommeil, respirer par le nez, sont obligés de le faire par la bouche, sont rejetées au réveil, avec des efforts pénibles, sous forme de pelotons durcis. L'angine gutturale simple donne lieu à un très-petit nombre de phénomènes généraux; ils se bornent presque toujours à la lésion de la circulation et du sentiment. Je ne parle pas ici de la rougeur des yeux et de la douleur d'oreille; la première établit une complication, la seconde est plutôt un symptôme de l'angine pharyngée. Quant à la fièvre, elle peut précéder de quelques jours l'invasion de l'inflammation, ou ne pas exister du tout. Le premier cas se présente surtout lorsque la maladie menace de devenir grave, et le devient en effet; le second s'observe plus particulièrement dans la variété que je décris. Au reste, cette fièvre, lorsqu'elle existe, diminue ordinairement lorsque la phlegmasie est bien établie; et quand elle persiste, on a tout lieu de craindre la souffrance, non pas sympathique, mais bien idiopathique d'un organe plus ou moins important à la vie, ou bien la formation d'un abcès. C'est donner à entendre que, dans les cas ordinaires, l'angine gutturale simple n'est pas accompagnée de pyrexie. Pour ce qui est de la lésion du sentiment, dont j'ai parlé plus haut, elle consiste, on le devine d'avance, dans la douleur. Peu vive dans les cas ordinaires, elle se traduit le plus souvent, au début de la maladie, par un prurit incommode; son intensité d'ailleurs varie, suivant l'intensité même de l'inflammation; mais toujours est-il vrai de dire que, rarement, elle devient inquiétante; et que, le plus souvent, résultat pour ainsi dire mécanique de la tension des parties, elle consiste plutôt dans un sentiment de gêne, que dans une véritable douleur.

DURÉE. — La durée de cette angine est en général courte; suivant Pinel, elle varierait de quatre à quatorze jours.

MARCHE. — Sa marche est ordinairement continue; mais elle présenterait tous les soirs, selon les uns, tous les soirs et tous les matins, selon les autres, une exacerbation assez marquée; quelques auteurs disent l'avoir observée sous la forme intermittente. Le plus souvent aiguë, l'angine gutturale peut quelquefois affecter une marche chronique, et alors elle est caractérisée par une gêne légère de la déglutition, par une sensation peu marquée de douleur et de sécheresse au gosier, et enfin par un peu de rougeur de la membrane muqueuse.

TERMINAISONS. — La résolution est sa terminaison la plus commune; il peut arriver pourtant qu'elle se termine par suppuration, lorsque l'inflammation se développe au milieu de circonstances qui doivent lui imprimer une marche très-aiguë. Alors le pus se réunit en foyer, et l'abcès manifeste sa présence, en imprimant à la partie du voile du palais dans laquelle il siége une voussure anormale, sur la nature de laquelle l'exploration, à l'aide du doigt, ne laisse bientôt aucun doute. La terminaison par induration qu'on a observée dans l'angine pharyngée, ne paraît pas l'avoir été dans l'angine gutturale: quant à la terminaison par gangrène, elle a quelquefois lieu, et j'en ai vu un exemple; mais alors un appareil plus grave de symptômes l'annonce bien à l'avance, et constitue une variété d'angine dont je n'ai pas dû m'occuper; enfin, la suffocation, terminaison qui n'est pas rare dans l'inflammation de la muqueuse aérienne, n'a jamais été observée après celle-ci.

ANATOMIE PATHOLOGIQUE. — Ce serait le cas de parler ici de l'anatomie pathologique; mais les lésions de tissu que l'angine gutturale laisse après elle, sont si peu importantes, et leur nature peut si facilement, en raison de la position des parties, être soupçonnée pendant la vie, qu'il serait parfaitement inutile d'insister sur cet article. Je me contenterai de dire que, le plus souvent, on trouve des traces de phlogose, mais qu'il arrive quelquefois aussi qu'après s'être bien assuré, pendant la vie, de l'existence de l'angine, rien ne peut servir à la faire constater après la mort. Les anatomo-pathologistes ont profité de cette observation, pour établir : qu'on ne peut jamais assurer qu'il n'y a pas eu inflammation dans une muqueuse, parce qu'elle paraît être dans un état d'intégrité après la mort.

DIAGNOSTIC. — Les parties qui sont affectées dans l'angine gutturale, pouvant facilement, ainsi que je viens de le dire, être exposées aux regards de l'observateur, le diagnostic doit être et est en effet facile. Aussi a-t-on dit que cette phlegmasie tient en quelque sorte le milieu entre les inflammations internes et les externes; l'erreur serait pourtant possible si l'on avait affaire à un enfant. On sait, en effet, depuis Billard, que la muqueuse de l'arrière-gorge est d'un rouge intense pendant les premiers jours qui suivent la naissance; mais si l'on réfléchit que cette rougeur est uniformément répandue, qu'elle disparaît en général après le quinzième jour, qu'elle ne s'accompagne pas d'un mouvement fébrile, ni de la difficulté dans la déglutition, qu'enfin l'enfant n'a rien, dans ses cris et ses mouvements, qui accuse la souffrance; tandis que le contraire arrive lorsque la muqueuse est enflammée, le doute ne sera pas permis.

PRONOSTIC. — Le pronostic de l'angine gutturale simple n'a rien de fâcheux.

TRAITEMENT. — Comme celui de toutes les inflammations, le traitement de l'angine consiste principalement dans l'emploi des antiphlogistiques. Leur énergie sera toujours en rapport avec l'intensité de la phlegmasie locale et de la réaction générale. Nous avons vu, en traitant de la symptomatologie, que cette affection donnait rarement lieu à un mouvement fébrile grave; aussi il est rare que la saignée générale soit indiquée. Il n'en est pas tout-à-fait de même de la saignée locale : pour peu que la maladie soit intense, et que le sujet puisse, sans grand inconvénient, perdre quelques onces de sang, il ne faut pas hésiter à faire une application de sangsues à la base de la mâchoire inférieure ; leur nombre variera selon un grand nombre de circonstances qu'il est facile de prévoir, et par conséquent inutile d'indiquer ici. La médication que je viens de faire connaître n'est applicable que dans des cas exceptionnels; le plus souvent les moyens suivants suffisent pour faire avorter la maladie : tels sont les boissons mucilagineuses, les fomentations émollientes, les cataplasmes de même nature placés à la partie antérieure et supérieure du cou, un courant de vapeur, provenant d'une décoction émolliente, dirigé sur les parties enflammées, les révulsifs sur l'extrémité des membres pelviens, sur l'intestin, pourvu qu'il ne soit pas enflammé, et enfin sur l'estomac lui-même. J'ai vu, il y a près d'un an, deux grains d'émétique triompher, avec la plus grande facilité, d'une angine qui survint, chez un douanier, pendant qu'il était en traitement pour une fièvre intermittente tierce; des succès semblables ont été obtenus par MM. Roche et Andral. Quant aux gargarismes, la plupart des auteurs s'accordent à les rejeter; on en conçoit aisément la raison : les mouvements nécessaires pour promener le liquide sur les parties enflammées, ne peuvent qu'augmenter l'irritation, loin de la combattre. On pourrait, dans ce cas, se contenter d'introduire un liquide mucilagineux dans l'arrière-bouche, et l'y laisser en repos. Ce serait alors une espèce de bain local qu'on ferait prendre aux parties malades. Il est presque inutile d'ajouter que les aliments, lorsque le peu de gravité des symptômes permet d'en donner au malade, doivent être choisis parmi les substances les moins capables d'irriter; que les boissons doivent être mucilagineuses, adoucissantes, et qu'enfin on doit, autant que possible, empêcher les fonctions qui nécessitent l'action, le jeu de l'organe malade. Les différents moyens que je viens d'indiquer, et quelques autres que je néglige à dessein, seront employés d'une manière différente, selon un nombre de circonstances variables comme les individus ; l'esprit d'observation seul pourra apprendre comment il faut agir dans tel cas donné. Si un abcès se montre dans l'épaisseur du voile du palais, et qu'on ne juge pas qu'il soit prudent d'en confier l'ouverture à la nature, on en fera là ponction suivant les règles de l'art. Si l'angine gutturale affecte réellement une marche intermittente, l'antipériodique par excellence fera la base du traitement qu'il conviendra alors d'employer. Enfin, si elle est passée à l'état chronique, ou que, dès son apparition, elle ait affecté une marche lente, on ne devra pas recourir aux antiphlogistiques : leur emploi serait, dans ce cas, plutôt nuisible qu'utile. Des gargarismes astringents, et une médication dérivative, seront alors les seuls moyens auxquels l'expérience permette d'avoir recours.

I.

Le mot colite, employé par l'école physiologique pour désigner l'inflammation du gros intestin, me paraît peu propre à remplacer celui de dysenterie ; ce n'est pas que, dans l'état pathologique que ce dernier exprime, il n'y ait presque toujours des traces de phlogose bien évidentes dans le cœcum, le colon et le rectum ; mais cette inflammation, sinon par ses caractères anatomiques, ainsi que cela a lieu dans l'entérite folliculeuse ou dothinentérie, du moins par les symptômes qui la traduisent, diffère d'une manière assez tranchée de la colite simple, pour que le besoin d'une distinction se fasse sentir.

II.

Les définitions graphiques ont l'immense avantage de présenter en raccourci, en miniature, le tableau de la maladie, tableau que la symptomatologie vient ensuite développer, agrandir. Mais pour qu'une pareille définition soit complète, il est par trop évident qu'elle doit tenir compte de tout ce qui constitue essentiellement l'état pathologique à définir : c'est ce que ne me paraissent pas avoir senti quelques auteurs qui se sont occupés de la dysenterie ; ils ont négligé un de ses caractères les plus constants, le caractère anatomique ; tandis qu'ils ont accordé une valeur presque exclusive aux phénomènes généraux qui, dans l'immense majorité des cas, sont sous sa dépendance, phénomènes généraux dont la plupart d'ailleurs, et dans la dysenterie surtout, n'ont rien de constant, de fixe ; mais varient, au contraire, selon les âges, le sexe, les innombrables circonstances au milieu desquelles la maladie s'est développée.

III.

Je crois pouvoir définir la dysenterie : une maladie ayant son siége dans le gros intestin, caractérisée, anatomiquement, par des traces de phlogose de cette portion du tube digestif, et, physiologiquement, par l'excrétion fréquente, laborieuse et peu abondante, d'un mucus plus ou moins sanguinolent ; excrétion souvent accompagnée, précédée ou suivie de douleurs abdominales et de chaleur cuisante à l'anus. C'est à dessein que, dans cette définition, je n'ai pas fait entrer la fièvre, parce qu'elle manque souvent ; et que, lorsqu'elle existe, j'ai devers moi de nombreux exemples qui prouvent qu'il s'en faut de beaucoup, comme on l'a prétendu, qu'elle commence toujours par ouvrir la marche aux symptômes caractéristiques de la maladie.

IV.

Un grand nombre d'auteurs qui ont observé la maladie en question, et qui l'ont surtout étudiée sous sa forme épidémique, me paraissent avoir singulièrement négligé son étiologie ; une fois, en effet, qu'ils ont parlé des circonstances au milieu desquelles l'épidémie s'est développée, ils croient avoir tout dit. Il règne une épidémie de dysenterie, cela suffit, à leurs yeux, pour se rendre compte de l'invasion de la maladie chez des individus de tempérament opposé, de sexe et d'âge différents. Cette manière de procéder est évidemment vicieuse, dans ce sens, qu'elle n'apprécie pas assez, ou plutôt qu'elle laisse tout-à-fait de côté les causes individuelles qui, au milieu des causes générales, agissant sur les masses d'une manière inconnue, et donnant ainsi naissance à l'épidémie, déterminent cette dernière à envahir de préférence tel individu à tel autre.

V.

Contradictoirement à l'opinion de Frank, Pinel, Degner et de quelques autres, un excès de fruits mûrs m'a paru, dans cinq observations bien circonstanciées, la seule cause à laquelle il me fût permis de rapporter l'invasion de la dysenterie. Dans la plupart des cas pourtant, la maladie s'est déclarée sous l'influence d'un dérangement dans la transpiration cutanée.

VI.

La douleur s'est montrée dix-huit fois sur vingt sujets que j'ai pu observer avec soin : elle a été un des symptômes les plus constants de la maladie. Quatre fois sur cinq, elle a eu son siége dans la moitié gauche du gros intestin ; et, en général, elle a été alors d'autant plus vive qu'elle était plus rapprochée du rectum. Ces résultats de mon observation s'accordent parfaitement avec les lésions anatomiques qui, chez trois individus dont l'autopsie a été faite sous mes yeux, ont été en augmentant à mesure qu'on s'approchait de l'ouverture anale.

VII.

La nature contagieuse de la dysenterie est admise par les uns, et rejetée par les autres; le fait suivant semblerait venir à l'appui de l'opinion des contagionistes : un soldat du Génie, nommé Lecoq, dont l'autopsie fut faite en ma présence, avait été admis, un mois et demi auparavant, dans les salles militaires. Deux jours s'étaient à peine écoulés, depuis son admission, que l'un de ses voisins commença à présenter les symptômes caractéristiques de la dysenterie. Trois jours après, son second voisin en fut également atteint. Il est à noter qu'avant l'entrée de Lecoq à l'hôpital, il n'y avait eu aucun dysentérique dans le service militaire.

VIII.

Parmi les nombreux médicaments que j'ai vu employer dans le traitement de la dysenterie, aucun ne m'a paru jouir d'une efficacité aussi prompte, et je puis ajouter aussi générale que l'ipécacuanha à dose vomitive. Voici les circonstances qui me paraissent assurer le succès de ce moyen : 1° un degré d'inflammation médiocre révélé par le peu de gravité des symptômes, soit que la maladie ait débuté avec ce caractère de bénignité, soit que son intensité ait été préalablement réduite par un traitement antiphlogistique approprié; 2° l'état d'intégrité de l'estomac et de la portion supérieure du tube digestif; et 3° l'existence d'un état bilieux assez prononcé, établissant, selon ma conviction, une complication, et non, comme on l'a dit, une forme particulière de dysenterie.

FIN.

Milton Keynes UK
Ingram Content Group UK Ltd.
UKHW041022261024
449953UK00017B/40